UN CANARD À LA PORTE

Pour Susan Dreiband,
coauteur secrète de ce livre.

Merci à Jane Resh Thomas, qui m'a appris à écrire, et aux membres de son atelier d'écriture pour leur soutien et leurs rires.
À Max Haynes, toujours prêt à offrir son temps et ses idées.
Et, bien sûr, à la véritable Irène, et aux véritables Brody et Scrappy, qui ont inspiré cette histoire.

Traduit de l'anglais (États-Unis) par Florence Seyvos

ISBN 978-2-211-20946-5
Première édition dans la collection *lutin poche* : juin 2012

Titre de l'édition originale : « Duck at the Door », HarperCollins Children's Books, a division of HarperCollins Publishers
Édition française publiée en accord avec l'agence Sheldon Fogelman
Loi numéro 49 956 du 16 juillet 1949 sur les publications destinées à la jeunesse : septembre 2007
Dépôt légal : juin 2012
Imprimé en France par IME à Baume-les-Dames

Jackie Urbanovic

UN CANARD À LA PORTE

lutin poche de l'école des loisirs
11, rue de Sèvres, Paris 6e

C'était une nuit tranquille,
quand soudain…

Flip, flap,
et **toc, toc, toc !**

« ALLONS CHERCHER IRÈNE ! »

« ELLE SAIT TOUJOURS CE QU'IL FAUT FAIRE. »

« Irène ! » cria Brody. « Au secours !
Quelqu'un frappe à la porte ! »

« En plein milieu de la nuit », dit Irène, « qui cela peut-il bien être ? »

C'est un

CANARD !

Irène porta le canard jusqu'au salon.
« Je m'appelle Max », dit-il. « Je suis né au printemps et j'ai vraiment bien aimé. Quand ma bande s'est envolée vers le sud, je suis resté parce que je pensais que j'aimerais bien l'hiver aussi. Mais en fait, j'ai très froid et je me sens très seul. »

« L'hiver peut être agréable quand on a un chez-soi où il fait bien chaud », dit Irène.

Au début, Max eut
beaucoup de choses
à apprendre.

En janvier, il apprit à se servir de la télécommande.
(Il aimait particulièrement *L'Empire sauvage* et *Les Rois du catch*.)

En février,
il se découvrit des talents
de cuisinier.

En mars,
il se sentait tout à fait chez lui.

En avril,
il fut clair que Max avait appris
un peu trop de choses.

Dakota, Coco et Jessie Ours étaient fatigués
des nouvelles recettes de Max.

Et Brody était fatigué
tout court.

Il fallait que quelqu'un se décide à parler à Max.

Mais **QUI ?**

C'est alors que Max entra dans la pièce en criant :
« Vous entendez ces merveilleux coin-coin ? Ma bande est revenue !
J'ai tellement hâte de les revoir. »

« Irène, je te fais cadeau de ma toque de cuisinier. Et toi, Brody, tu peux avoir mes canards en plastique. Vous allez tous énormément me manquer ! »

Après bien des embrassades,
Max quitta la maison.

Max parti, la vie redevint normale.

Les chats se remirent
à manger de la pâtée pour chat.
Personne ne monopolisait
la télécommande.

Et Brody avait enfin son lit pour lui tout seul.

La vie était si tranquille qu'en octobre, tout le monde fut content d'entendre au loin des coin-coin. Quand des coups retentirent à la porte, tous furent saisis du même espoir.

Max?
Max?
Max?
Max?
Max?
Max?
Max?
Max?
Max?
Max?
Max?

« Max ! » crièrent-ils, fous de joie. « Est-ce que tu viens passer l'hiver avec nous ? »

« Oui », dit Max. « Moi et… »

« MA BANDE ! »

Chacun regarda Irène,
attendant qu'elle dise quelque chose.

Mais tout ce que dit Irène fut :

« BIENVENUE À LA MAISON ! »